KB242943

오늘도
다정한
책방

그림일기에게
OPEN

우리 책방은 대구의 강남이라고 불리는 수성구의 끝자락에 있다. 조금만 나가면 대형 아파트 단지와 먹자골목, 큰 시장과 상가가 즐비하지만 책방이 있는 골목은 낡은 주택과 오래된 빌라, 방치된 상가와 사람이 살지 않는 폐가들로 수성구의 여느 동네와는 분위기가 사뭇 다르다. 책방 건물은 이전에 어린이집으로 사용되었는데 줄어드는 영유아 인구로 폐업하고 오래 방치되어 있었다.

이 동네 주민의 대부분은 동네의 건물만큼이나 나이가 지긋한 어르신들이다. 책방 앞에는 차가 다닐 수 있는 큰 골목이 있지만 유동 인구는 거의 없다. 책방 옆에 있는 경로당에서 들리는 어르신들의 이야기 소리가 아니면 골목의 시간은 대부분 조용하다. 한참 책방 인테리어를 하고 있을 때 이웃에 사는 할머니가 "이곳에 뭘 하려고 하는 거야?"하고 물으신 적이 있다. 서점을 한다고 했더니 "서점? 여기서 서점을 한다고? 여긴 할아버지랑 할머니들만 사는 곳인데 책이 팔리겠어?"라며 고개를 갸우뚱하고 가셨다. 이곳에 오래 살았던 주민들조차 왜 이곳에서 서점을 하냐며 의아해하는 곳에서 나는 책방을 그것도 그림책방을 시작했다.

왜 그림책이었을까?

아이에게 읽어주려고 그림책을 펼쳤던 날, 오히려 내가 펑펑 울고 말았다. 구스노키 시게노리 작가의 〈혼나지 않게 해주세요〉라는 그림책이었는데, 주인공이 소원 쪽지에 삐뚤빼뚤하게 쓴 '혼나지 안케 해주세요.'라는 글이 꼭 첫째의 마음 같았기 때문이다. 둘째가 태어나니 아직 아기인 첫째를 다 큰 애처럼 대하며 너그럽게 넘어가던 일도 날카롭게 다그치며 혼내곤 했다. 잠든 첫째를 보며 미안한 마음에 울고 반성했지만 같은 실수가 이어졌다. 아이를 키우는 데 도움이 될까 싶어 육아서를 밑줄 그어 가며 읽고 따라

해보려 했지만 며칠 뒤면 다시 아이에게 화를 내고 있었다. 어느 순간부터는 육아서의 내용이 '너는 나쁜 엄마'란 비난처럼 느껴지고 현실을 모르는 이상적인 말들 같아 더 이상 책도 보지 않게 되었다. 그런데 그림책을 읽고 정신이 번쩍 들었다. 어느 육아서도 아이의 마음을 이렇게 절절하게 표현해 주진 않았었는데 '내 아이가 딱 이 마음이겠구나, 이렇게 서러웠겠구나.'라는 생각이 드니 눈물이 멈추지 않았다. 큰 애를 무릎에 앉히고 그림책을 함께 읽으며 기어들어가는 목소리로 "혹시 너도 이런 마음이었어?" 물었더니 "응. 나 많이 속상했어."라고 대답했다. 커다란 돌을 떨어뜨린 호수처럼 마음이 출렁거렸다. 온몸이 물로 가득 차 빵빵하게 부풀었다가 '펑'터진 것처럼 눈물이 멈추지 않았다. "엄마가 미안해." 사과했더니 아이가 내 얼굴에 손을 대고 "괜찮아."하며 웃어주었던 그 순간을 잊지 못한다. 그림책은 그 어느 육아서보다도 내게 큰 울림을 주었다.

그림책이 소설이나 영화처럼 사람에게 감동을 줄 수 있다는 걸 알고 나니 틀에 넣어 찍어내듯 만들어낸 전집이 성에 차지 않았다. 아이에게 좋은 그림책을 보여주고 싶어 육아 카페에 가입해 정보를 찾았다. 아이들에게 읽어주려고 그림책을 꺼내기도 했지만, 내가 좋아서 더 열심히 읽곤 했다.

첫째가 초등학교에 입학할 때쯤 어르신을 대상으로 하는 상담 일을 시작했고 그림책을 상담에 종종 활용했다. 처음엔 애들이나 보는 그림책을 가져왔다며 시큰둥한 반응을 보이던 어르신들도 금세 그림책에 빠져 마음을 열고 이야기를 풀어놓으셨다. 그림책을 더 알고 싶어 도서관에서 하는 그림책 수업을 신청했는데, 그 수업에서 〈리디아의 정원〉을 다시 만나게 됐다. 전에 읽어서 내용을 알고 있었지만 여러 사람과 함께 이야기를 나누면서 본 그림책은 혼자 볼 때와는 전혀 다르게 느껴졌다.

가족과 떨어져 낯선 곳에서 지내게 되었어도 희망을 잃지 않는 리디아를 모두 대견하다고 했지만 나는 어린 리디아가 어른스럽게 잘 버티는 모습이 오히려 짠하고 안쓰러웠다. 리디아에게 느끼는 감정은 어린 시절의 나를 떠올리며 느끼는 감정이었다. 그림책을 보며 몰랐던 내 마음을 알게 되고 서운하고 불안했던 그때의 감정을 표현하고 나서야 나는 오래 참았던 울음을 터트릴 수 있었다.

그림책이 마음에 깊게 닿아 읽는 사람을 변화시킬 수 있다는 걸 경험하고 나서는 그림책이 더 좋아졌다. 그림책을 더 알고 공부하고 싶어 그림책 심리상담사 자격증을 따고 둘째 친구들을 모아 그림책 수업을 시작했다. 상담이나 수업에 유용할 것 같아서, 좋아하는 작가라서, 그림이 마음에 들어서, 추천이 많은 책이라서, 그냥 좋아서…. 그렇게 그림책을 사다 보니 책장에 더 이상 책이 들어갈 자리가 없게 되고 집 여기저기에 그림책이 쌓이기 시작했다. 청소해도 늘 어수선한 집 때문에 가족들은 불만을 토로하기 시작했다.

"책을 좀 버리는 게 어때?"
오래 참았다가 조심스럽게 꺼낸 남편의 말 한마디가 가슴을 쿡 찔렀다. 그림책과 관련된 일을 하고 싶다는 마음에 책장 가득 그림책을 차곡차곡 채워 넣고 뿌듯해했지만 정작 그림책으로 어떤 직업을, 어떻게 가질 수 있는지 막막했다. 그림책 수업을 하고 있었지만 고작 한두 강의뿐이었고 그림책으로 버는 돈보다 그림책에 쓰는 든이 더 많았다. '그림책을 버릴까?', '그림책을 버릴 수 있을까?', '그림책이 뭐라고 왜 못 버릴까?' 책을 버리라는 말 한마디가 꼭 나를 버리라는 말처럼 들려 잠도 못 자고 밤새 뒤척였다.

'그래! 내 공간을 만들자. 그림책을 어떻게 버려. 책을 잘 모아서 정리하면 되지.' 집안 여기저기 쌓인 그림책이 가족들을 불편하게 한다면 한 곳에 잘 모아두리라. 책을 버리라는 남편의 말은 엉뚱하게도 소중한 내 책들을 잘 모셔둘 내 공간에 대한 갈망을 불러일으키고 말았다.

나 책방하고 싶어

　　소중한 내 그림책이 눈치받지 않는 곳, 그림책을 가득 두고 그림책을 좋아하는 사람들과 그림책 이야기를 실컷 할 수 있는 곳, 잘 팔리거나 유명하진 않지만 모르고 지나치기엔 아까운 그림책을 소개할 수 있는 곳, 그림책 작가가 되고 싶은 이들이 함께 글도 쓰고 그림도 그릴 수 있는 곳, 그림책을 잘 모르는 사람도 우연히 들렀다가 그림책에 흠뻑 빠져서 돌아갈 수 있는 곳. 그림책 공간을 꿈꾸면서 그림책 연구소나 그림책 상담실이 아닌 그림책방을 선택한 이유였다.

　　"여보, 나 책방하고 싶어."

틈틈이, 기회를 노려, 자주, 은근슬쩍 남편에게 내 꿈을 이야기했다. 남편은 사업가다. 사업가인 남편에게 나는 낭만에 젖어 책방을 열고 싶어 하는 철부지처럼 보였을지도 모르겠다. 처음엔 듣는 둥 마는 둥 하던 남편이 몇 년 동안 계속 책방 이야기를 하니 슬슬 반응하기 시작했다. 그런데 그게 "사업계획서는 있어?"라거나 "손익분기점은 어떻게 넘길 건데?"와 같은 말이어서 그렇지. (그럴 거면 대꾸하지 말라고, 이 남자야!) 남편의 말에 주눅이 들기도 했지만 책방 운영에 대해 현실적으로 생각해 보는 계기가 되었다. 내가 감당할 수 있는 월세는 얼마일까? 초기 자본금은 어떻게 마련할까? 계속 사람들이 올 수 있는 우리 책방만의 특별한 것을 만들 수 있을까?

10평 미만의 소형 평수에 관리비와 임대료를 합해 절대 50만 원을 넘지 않을 것! 나는 내가 처음 운영할 수 있는 책방의 규모를 그렇게 정했다. 부동산에 가서 그런 상가를 찾으면 "아이고⋯ 그 평수에 그런 금액을 원하시면 직접 동네 여기저기 골목을 다녀보세요. 그런 상가는 주인들이 직접 벽보로 붙여 놓은 걸 찾는 게 빠를 겁니다."라며 고개를 절레절레 저었다. 실망하지 않고 틈나는 대로 골목을 누비며 가게를 살펴보았다. 하지만 내 마음에 딱 드는 상가를 찾는 것은 생각보다 쉽지 않았다.

기회는 정말 뜻하지 않게 찾아왔다. 남편이 회사를 운영하고 있던 동네가 재개발에 들어가면서 사무실을 새로 임대해야 하는 상황이 생긴 것이다. 농담처럼 남편 사무실 한 칸만 내어 달라고 했는데, 그 말이 현실로 이루어진 거다.

“인테리어까지는 내가 도와줄게. 임대료랑 관리비 내고 운영에 필요한 비용은 자기가 알아서 해. 근데 진짜 할 수 있겠어?”

“걱정하지 마, 일단 책방 열 수 있게만 도와줘. 그다음부터는 내가 다 알아서 할 테니까.”

미덥지 않아 하는 남편에게 큰소리를 쳤다. 그때는 진짜 차리기만 하면 다 되는 줄 알았다.

혹시 나 미움받고 있나?

책방을 열고 일주일이 채 되기도 전이었다. 한 아저씨가 책방 문을 열고 들어서더니 격양된 목소리와 위협적인 손짓으로 나를 불러낸다.

"이리 나와봐요, 빨리!"

자초지종을 설명하지도 않고 다짜고짜 나를 자기가 살고 있는 빌라 쪽으로 데려가더니 화를 내기 시작한다.

"여기 공사하면서 우리 빌라 빗물받이 배관을 좀 바꿔달라고 했는데 그대로잖아. 이게 짧아서 비가 오면 물이 콸콸 쏟아져서 여기가 물바다가 된다고. 공

사하는 김어 좀 해달라 했는데 그걸 안 해주고 말이
야."

　책방이 있는 건물을 리모델링하는 동안 자신들
이 부탁한 공사를 건물주가 제대로 해주지 않았다는
항의다. 자신이 누구인지 먼저 말하고 이런 일이 있
었으니 이야기를 전해달라고 예의있게 말할 수도 있
을 텐데 무턱대고 화부터 내는 무례한 태도에 화가
났다. 대꾸하고 싶은 말은 많았지만 오래 함께할 이
웃과 불편한 일을 만들고 싶지 않아 듣기만 했다. 나
중에 건물주에게 이야기를 전하니 빌라 아저씨가 원
하는 공사를 다 해주었고 빗물받이 배관은 하수도로
바로 연결할 수 없어서 공사가 어렵다고 설명도 했
단다. 아니, 근데 나한테 또 그런 거야? 왜?

　며칠 뒤에는 반대쪽 빌라에 사는 할아버지가 나
를 불러너어 어린이집으로 사용하면서 설치한 건물
외벽의 비상계단을 철거하라며 항의했다. 이번에는
건물주가 옆에 있어서 바로 상황을 수습해 주었지만
기분이 좋지 않았다. 이 동네 사람들은 원래 이렇게
공격적인가?

　얼마 뒤, 할머니 한 분이 뭔가를 질질 끌며 책방

앞을 지나가는데 쨍그랑하고 문 앞 충돌 방지 기둥이 울리는 소리가 났다. 대수롭지 않게 생각하고 일을 하다가 잠시 뒤에 문을 열고는 깜짝 놀랐다. 책방 문 옆에는 빈 상자와 타정기에 쓰이는 못 수십 개가 버려져 있었다. 아까 그 할머니가 빈 상자와 고철을 주워서 잠시 두고 가신 건가? 집에 갈 때 다시 가지고 가려고? 모퉁이를 돌아 들어가고 나가는 차들이 타정기 못을 밟으면 위험할 텐데 이걸 치워야 할까? 아니면 그냥 둬야 할까? 문 앞에서 한참을 생각하다 나중에 찾으러 오실 수도 있으니 일단 안으로 들여다 놓았다. 근데 아무리 봐도 이건 그냥 버린 물건 같다. 설마 쓰레기를 책방 앞에다 버렸다고? 내가 안에 있었는데도?

지인들은 빈 상가와 폐가로 조용하던 동네에 밝고 환한 책방이 들어와서 동네 주민들이 좋아할 거라고도 했다. 내심 나도 그렇게 생각했는데 착각이었던 걸까? 손님들이 오고 갈 때나 책방에 행사가 있을 때 시끄럽다고 민원이 들어오면 어쩌지? 아직 일어나지도 않은 일을 걱정하느라 마음이 쪼그라든다. 나와 우리 책방이 이 동네에서 환영받지 못하고 있는 걸까?

그림이
글에게

　　나중에 알게 된 '상자와 못' 사건의 전말은 이랬다. 빌라에 사는 사람들이 전봇대 앞에 일반쓰레기와 재활용 쓰레기를 내어놓길래 나도 그곳에 쓰레기를 두었는데, 그게 아니었던 모양이다. 계속 전봇대 앞에 쓰레기를 두는 게 못마땅했던 한 할머니가 책방 옆 인테리어 가게 사장님이 내어놓은 쓰레기를 내가 버린 줄 알고 책방 문 앞에 던지고 간 것이었다.

　　이런 일이 있고 나니 이웃들이 텃세를 부리는 것 같아 대하기가 불편하고 어렵게 느껴졌다. 골목에 나가 서 있다가도 누가 보이면 책방 안으로 피하게 됐다. 한동안 동네 사람들과 낯을 가리며 책방 안에서만 머물다가 결심했다. 방법을 찾아야겠다고.

　　우선 책방 옆 경로당을 타깃으로 삼아 경로당으로 가는 할머니들께 인사를 하며 한 두 마디씩 말을 건넸다. 그렇게 낯을 익힌 뒤 할머니 한 분께 슬쩍 물어봤다.

　　"할머니, 재활용 쓰레기나 일반 쓰레기는 어디에다 둬야 해요? 저기 전봇대 앞에 두면 안 돼요?"

　　"빌라 앞 전봇대에 쓰레기를 두면 싫어해. 저곳은 빌라 사람들이 쓰레기 두는 곳이거든. 책방 쓰레기는 책방 문 앞에 놔두면 다 가져가."

아하! 역시 쓰레기를 두는 장소가 잘못되었던 거구나. 자기 집 놔두고 남의 집 앞에 쓰레기를 계속 내어 놓으니 이웃들 눈에는 내가 얼마나 얌체처럼 보였을까? 할머니의 말씀을 듣고 나니 모든 상황이 이해가 되었다.

다음엔 떡과 과일을 준비해 경로당과 뒷집, 앞집, 옆집을 찾아가 인사를 했다. 엄마가 개업 떡을 해서 이웃에게 돌리라고 했을 때 요새 누가 그런 걸 하냐며 싫다고 했다. 개업이라고 요란한 것도 싫었고 코로나 시국을 보내고 나니 낯선 사람의 방문, 특히나 먹을 것을 나눠주는 건 서로 부담이다 싶었다. 그런데 떡을 돌리다 보니 알게 됐다. 떡을 핑계로 인사를 하며 얼굴을 익히고 말문을 열고 대화를 시작하게 된다는 것을. 동네에 관한 정보와 책방이 잘돼야 한다는 응원, 돈 많이 벌어서 오래하라는 덕담도 듣는다. 한 분 한 분 얼굴을 직접 보며 만난 이웃들은 다정했다. 어쩌면 이웃들과 나는 마음을 열고 서로를 알아갈 작은 시작이 필요했는지 모른다.

책방 이웃을 소개합니다.

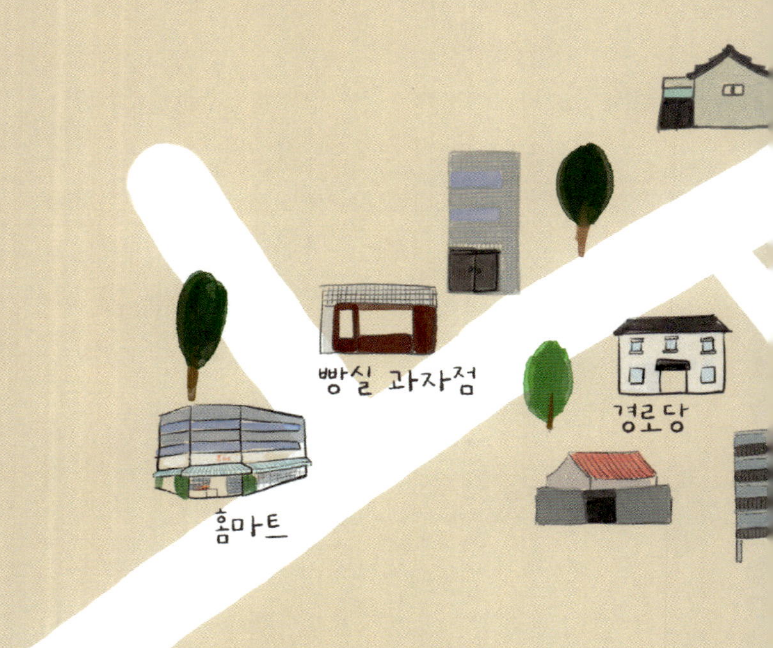

수오찬 반찬 가게
고양이 출몰지역
정호승 문학관
그림이 글에게
뒷집 할아버지네
텃밭

책방이 있는 골목은 주택가라 상가가 거의 없다. 주민의 대부분은 나이가 많으신 어르신들이라 책방을 이용하는 주 고객층은 아니다. 카페도 겸하고 있긴 하지만 유동 인구가 적은 동네이기도 하고 정작 낮에는 집에 잘 안 계셔서 동네 이웃들을 마주할 기회가 많지 않았다. 그래도 오며 가며 얼굴을 익히고 친해진 이웃들이 있다.

앞집 할머니

강아지도 사랑하고 고양이도 사랑하고 심지어 비둘기마저 사랑하는 정 많은 할머니다. 동네에 누가 어떤 강아지를 언제부터 키웠는지 다 알고 계신다. 가끔 모르는 사람들이 할머니 집을 빈집으로 오해해 대문 앞에 주차하곤 해서 속상해하신다. 휠체어를 이용하는 아드님이 불편해지니까. 그렇지만 정작 싫은 소리는 못 하는 착하기만 한 분이다. 그래서 요즘은 내가 대신 할머니 집 대문 앞에 주차하는 차를 관리(?)해 드리고 있다. 여기 사람 사는 집이라고요. 이동 주차하시라고요!

뒷집 할머니

낯선 동네에서 내가 제일 처음으로 말을 걸었던 할머니다. 쓰레기 버리는 장소나 요일도 물어보고 동네 생활에 대해 궁금한 게 있으면 할머니네 집에 가서 물어보곤 한다. 집 앞에는 할머니가 가꾸시는 작은 텃밭과 화분들이 가득 있다. 어느 날 머뭇머뭇하며 할 말이 있다고 하시길래 긴장했는데 책방에서 키우는 제라늄을 분양받고 싶다는 이야기여서 미소를 짓게 한 분이다. 하루에 두 번씩 꼬박꼬박 운동을 다니셔서 자주 마주치는데 "책방이 참 예쁘다.", "깨끗한데 또 이렇게 부지런히 청소하네."라며 따뜻한 말씀을 잔뜩 해주신다.

반찬가게 사장님 부부

동네 사람들을 두루두루 챙기는 마음 넉넉하신 사장님 내외. 책방을 시작하고 반찬 만들기가 힘들어지면서 종종 반찬을 사러 드나들며 친해졌는데 수시로 먹을 것을 갖다 주신다. 책방 문을 열지 않는 날 택배가 오면 챙겨 주기도 하고 늦게까지 문을 열고 있으면 왜 늦게까지 있냐고 밥은 먹었냐고 살갑게 물어봐 주는 다정 보스들이다.

빌라 할아버지

책방 건물에 설치된 비상계단 때문에 항의하러 오신 게 첫 만남이라 사실 살짝 불편한 마음도 있었지만 휴대전화 사용법을 알려달라며 오셨을 때 이런저런 이야기를 나누다 보니 할아버지 댁 속사정도 알게 되고 친해지게 됐다. 책방에 주차 공간이 없으면 빌라 주차장을 이용하라고 선뜻 내어주셔서 감사한데 가끔 책방에서 수업 중일 때 오시면 아무리 설명해 드려도 막무가내로 당장 도와달라고하셔서 난감할 때가 있다.

홈마트

전기 파리채부터 지우개까지, 책방을 오픈하고 급하게 필요한 것들은 모두 홈마트에서 구했다. 우리 동네에 있는 유일한 슈퍼라 동네 사람들이 필요로 하는 웬만한 것을 다 갖추고 있기 때문이다. 오전엔 남자 사장님이, 오후엔 여자 사장님이 슈퍼를 지키시는데 한결같이 친절하고 예의 바른 모습이 똑 닮으셨다.

빵실 과자점

책방이 생기고 얼마 뒤 근처에 예쁜 과자점이 생겼다. 이곳에는 과자점의 로고와똑같이 생긴 사랑스러운 사장님이 계신다. 과자점과 어울리는 그림책 한 권을 가지고 가 인사를 한 이후 달달한 간식이 먹고 싶거나 대접을 해야 하는 손님이 오시면 빵실 과자점으로 향한다. 가끔 책방에 원두가 떨어지거나 아이들이 먹을 음료가 마땅치 않으면 "빵실에 가서 사오세요."라고 말할 만큼 좋아하는 곳이다.

도현이네 가족

도현이는 어린이집에서 하원할 때 참새방앗간처럼 책방에 들린다. 도현이가 가장 좋아하는 건 자동차인데 그중에서도 소방차를 제일 좋아한다. 책방에 소방차가 나오는 책은 왜 없냐는 항의(?)를 받아서 소방차가 나오는 그림책을 모아 도현이가 읽기 편하게 따로 두었다. 도현이 엄마는 베트남에서 왔는데 도현이 교육에 관심이 많다. 하지만 도현이는 그림책브다 나랑 노는 걸 더 좋아한다. 솔직히 그림책은 도현이보다 도현이 엄마가 더 많이 보는 것 같다.

정아네 가족

정아가 중학생이 되면서 바빠져 자주 못 오지만 책방
을 열고 1년 동안은 일주일에 2~3번씩 동생 정호와
함께 음료를 마시며 책을 읽고 갔다. 책을 열심히 보
는 남매가 예뻐 집에 있는 동화책이나 소설책도 슬
쩍 책방에 갖다 두곤 했다. 올 때마다 음료를 사 먹
길래 용돈이 모자라지 않냐고 했더니 "엄마가 책방
없어지면 안 된다고 갈 때마다 꼭 음료 먹으랬어요."
라고 해서 감동을 주었던 아이들이다.

준혁이네 가족

준혁이는 말수가 적고 조용하다. 준혁이 아빠는 아들
이 책에 관심을 가졌으면 해서 책방에 데리고 오지
만 준혁이는 책보다 내가 만든 핫초코에 관심이 더
많다. 그래도 준혁이 아빠가 부탁하셔서 준혁이가 오
면 재미있는 그림책 한두 권은 꼭 읽어주려고 한다.

비둘기와의 전쟁

"아, 정말 또 똥이야."

어느 날부턴가 책방 출입문 아래에 비둘기 똥이 쌓이기 시작했다. 책방 문은 열쇠를 넣고 돌리는 아날로그식인데 잠금장치가 문 아래쪽에 있다. 문을 열기 위해 쪼그리고 앉아야 하는 바로 딱 그 위치에 늘 비둘기 똥이 있는 것이다. 매일 아침 똥을 어쩔 수 없이 봐야 하는 것도 똥을 밟지 않기 위해 요상한 자세로 문을 열어야 하는 것도 짜증이 났다. 게다가 비둘기 똥이 떨어져 있는 곳은 손님들이 책방에 들어오려면 밟을 수밖에 없는 위치라 청소를 거를 수도 없었다.

책방 건물 옆 전깃줄에 앉아 있는 비둘기들을 힘껏 째려보며 똥을 치우는 것으로 하루를 시작했다. 가끔은 비둘기의 똥이 간판이나 벽에 떨어져 있어 커다란 대빗자루나 대걸레를 동원해야 했다. 비둘기 똥 치우기가 책방의 중요한 일과가 되다니! 내 속도 모르고 태평하게 전깃줄에 앉아 있는 비둘기들을 향해 대빗자루를 휘둘렀다. 푸드덕 날아가나 싶던 비둘기들은 내 키가 닿지 않는 더 높은 곳으로 옮겨 앉았다.

아침마다 비둘기 똥을 치우며 보내던 어느 날, 앞집 할머니가 무엇인가 담긴 바가지를 가지고 나와 골목에 뿌렸고 금세 비둘기들이 모여들어 바닥을 콕콕 찍어대기 시작했다. 할머니는 비둘기들에게 먹이를 주고 계셨던 거다. 그러니 비둘기들은 할머니의 집이 제일 잘 보이는 우리 책방 입구에 앉아 있을 수밖에. 다 먹고 배설은 다른 곳에서 하면 좋으련만 이 비둘기들은 할머니네 집 문이 열리길 하염없이 기다리며 배설도 휴식도 잠도 수다도 우리 책방 위에서 하고 있던 거였다. 아, 비둘기들아, 아, 아니 할머니!

사실 할머니는 얼마 전 키우던 강아지 지니를 멀리 시골에 보내셨다. 같이 사는 아들이 개 키우는 걸 반대해서 어쩔 수 없으셨단다. 온 동네 강아지의 이름과 사연을 다 알고 나한테 알려주실 만큼 동물을 사랑하는 할머니인데 지니를 보낸 이야기를 할 때는 눈물까지 글썽이셨다. 아마도 적적한 마음을 비둘기에게 먹이를 주며 달래고 계셨나 보다. 그런 사정을 알기에 차마 할머니께 비둘기 먹이를 주지 말라고 말하지 못했다.

그해 여름, 비둘기들은 색색의 똥을 그렇게 싸댔고 나는 빗자르와 대걸레를 열심히 문질러야 했다.

힐끔힐끔 눈치작전

책방을 열고 몇 달 동안 가장 많이 한 일은 손님을 기다리는 일이었다. 창문 너머 사람이 보이면 바로 웃을 수 있는 입꼬리를 장착하고 손님 맞을 자세를 취한다. 하지만 대부분 '손님'이 아닌 그저 '행인'

이었고 나는 출발 신호를 기다리며 드릉드릉 예열하
다가 갑자기 전원이 나가버린 엔진처럼 기대와 실망
을 반복해야 했다.

새로 생긴 가게가 궁금한 사람들과 손님을 기다

리던 나 사이에는 본의 아니게 눈치작전이 벌어진다. 책방을 살펴보며 지나가던 사람들이 나와 눈이 마주쳤을 때 반응은 크게 세 가지다.

첫 번째, 고개를 돌리고 속도를 내어 빨리 걸어가는 유형이다. 마치 '아이쿠, 나는 손님이 아닌데 기대하게 했군요. 미안해요.'라는 뜻을 온몸으로 알려주는 것 같다.

두 번째, 책방 안을 꼼꼼히 살펴보며 오히려 더 천천히 걷는 유형이다. 이런 사람 중에는 책방 문을 열고 반만 들어와서 "여기 뭐 하는 곳이에요?" 하고 물어보기도 한다.

세 번째, 내 눈을 쓱 피하고는 눈동자만 흘끔흘끔 돌려 책방을 은밀히 관찰하는 유형이다. 궁금하긴 하지만 내 눈빛은 부담스러운가 보다.

이제는 미어캣처럼 손님만 기다리고 있지는 않는다. 손님이 없는 시간에 청소도 하고 책을 소개하는 글도 올리고 주제에 맞게 책의 진열을 바꾸기도 한다. 또 경험으로 책방에 오는 손님은 행인과 다르다는 걸 터득했다. 책방 손님은 창문 앞에서 손을 흔들거나 입 모양으로 인사를 하기도 하고 손짓으로 주차해도 되는지 물어보면서 '나는 손님'임을 적극적으로 알려준다. 책방 문을 바로 열지 않고 앞에서 인증 사진을 찍기도 한다. 그런 걸 전혀 하지 않아도 책방에 오는 손님에게는 특유의 분위기가 있고 이제는 예민한 촉으르 그걸 안다. 손님을 알아채는 기술을 습득한 것이다. 책방지기 레벨업이다.

작가님이 우리 책방에 오신다고?

　　책을 좋아하는 사람들은 자연스레 책이 있는 공
간을 찾아다닌다. 나 역시 관심 있는 책방을 찾아가
기도 하고 인스타그램을 팔로우하며 책방에서 열리
는 행사에 참여하기도 했다. 책방을 준비하면서부터
는 다른 책방에서 하는 일들을 조금 더 관심 있게 지
켜봤다. 동네 책방은 대형 서점과 달리 책방지기의
취향이 담긴 큐레이션을 보는 재미도 있지만 무엇보
다 책과 관련된 다양한 문화가 만들어지는 곳이다. 그
중심에 있는 책방지기는 다양한 수업과 소모임, 북토
크와 전시회, 콘서트를 기획하고 운영하는 사람이다.

책방을 열기 전에 가장 부담스럽고 걱정스러웠던 것이 바로 이런 행사였다. 우리 책방에서는 어떤 수업을 열 수 있을까? 강사는 어떻게 섭외할까? 작가님은 어떻게 연락해서 북토크를 하지?

걱정과 달리 첫 북토크는 친한 도서관 관장님 덕에 급작스럽게 진행되었다. "오픈 기념으로 북토크 합시다. 작가님 섭외는 내가 해줄게요." 북토크에 참여만 해봤지 기획과 진행은 어떻게 해야 하는지 전혀 몰랐기에 거절할까 하다가, 내가 마음먹고 북토크를 하려면 1년은 걸릴 듯싶어 하겠다고 했다. 해보지 않은 일을 시작할 때 머릿속으로 여러 번 시뮬레이션하고 완벽하다 싶을 때 실행으로 옮기는 사람이라 누가 등 떠밀어줄 때 해 보는 것도 좋겠다 싶었다. 그렇게 책방을 연 지 한 달 만에 북토크를 하게 됐다.

북토크라고 한 단어로 쓰지만 이 행사를 준비하기 위해 해야 하는 일은 정말 많았다. '집안일'이라는 단어 뒤에 많은 노동이 생략되는 것처럼 말이다. 인터넷으로 신청서를 만들고 책을 입고해서 미리 참여자에게 보내거나 당일에 찾아갈 책을 따로 준비해 두어야 하고 작가님에게 전할 선물과 함께 식사할 식당을 알아봐야 한다. 행사 당일에는 책상과 의자, 장비를 세팅하고 북토크에 참석한 손님들에게 음료와 책도 팔아야 한다. 누가 가르쳐 주지도 않은 일을 눈치껏 요령껏 하느라 기진맥진했지만 작가의 이야기에 눈이 초롱초롱해지는 독자들과 그런 독자들을 보며 웃음을 감추지 못하는 작가를 보니 뿌듯했다.

그리고 몇 달 뒤 두 번째 북토크를 하게 됐다. 국제도서전에서 제일 좋아하는 작가를 우연히 만나 사인을 받으며 농담 반 진담 반 "작가님 대구에 한 번 와주세요."라고 했는데 선뜻 오겠다고 한 것이다. 작가의 번호를 저장한 뒤 카톡 목록에 그녀의 프로필이 생겼을 때는 "나 작가님이랑 카톡하는 여자!"라며 지인들에게 자랑을 하기도 했다. 메일을 주고받을 때는 행여 오타가 나거나 실례되는 표현을 쓸까 봐 손끝이 덜덜 떨리며 긴장이 됐다. 티브이에서 보던 연예인을 눈앞에 마주하는 느낌이 이런 것일까? 머리카락을 휘날리며 책방에 들어서는 작가의 모습이 슬로우모션을 걸어놓은 것처럼 보였고 이 모든 일이 꿈이 아니라 실제로 일어나고 있는 일이라는 게 믿기지 않았다. 비록 행사 준비하느라 정신이 없어서 강

연도 제대로 못 듣고 작가와 단둘이 사진도 못 찍었지만 최애 작가가 내 책방에 왔다는 그 하루의 기억만으로도 "책방하길 정말 잘했다!!"라는 소리를 백만 번은 할 수 있을 것 같다.

북토크가 끝나 사람들이 돌아가고 왁자지껄하던 책방이 고요해져도 책방 안에는 여전히 무언가로 가득 차 있다는 느낌을 받는다. 그림책을 만들며 느꼈을 작가의 고민과 노력, 책으로 만들어져 세상에 펼쳐졌을 때의 전율, 그 책을 읽은 독자의 감동, 그런 것들을 진솔하게 나누며 함께 웃고 행복했던 순간, 그래서 그림책이 더욱 소중하고 사랑스러워진 마음 같은 것들 말이다. 북토크를 자주 진행했어도 여전히 준비하는 일은 어렵고 힘들어 당분간은 하지 않겠다고 툴툴거리다가도 어느새 다음 북토크를 기획하는 이유다.

손님인 듯 손님 아닌 손님같은 손님

　　딸랑, 종이 울리고 중년 여성 두 명이 책방 안으로 들어왔다.

　　"여기 차 마시고 가도 되는 곳이에요?"

영업 종료 시간이 다 되었지만 모처럼 오신 손님을 놓칠 수 없었던 나는 얼른 자리로 안내했다. 두 사람은 차를 마시며 도란도란 이야기를 나누다가 나에게 이런저런 질문을 하기 시작했다. 책방을 언제 시작

했는지, 그림책만 파는 건지, 어떻게 이곳에 책방을
열 생각을 했는지 등등. 책방을 시작하고 나서 수도
없이 받아온 질문들이라 이상하게 생각하지 않았다.
그림책을 추천해 달라기에 좋아하는 그림책을 꺼내
읽어드렸다. 지나가다 안이 너무 따뜻해 보여 왔는데
힐링하고 간다며 또 오겠다고 해서 나를 설레게 했다.
　며칠 뒤 두 사람은 또 다른 친구 한 명과 함께

다시 책방에 왔다.

"여기 너무 좋아서 제가 친구 데리고 왔어요."

두 번째 방문이라니, 게다가 친구까지 데리고 오다니! 우리 책방 단골이 되려나 싶어 가슴이 두근거렸다. 손님들이 또 그림책을 읽어달라고 해서 어른들이 좋아할 만한 그림책과 일러스트가 아름다운 그림책, 내가 좋아하는 그림책까지 꺼내 읽었다. 그림책 내용에 연신 감탄하는 손님들을 보며 얼마나 흡족했는지 모른다. 그림책을 몰랐던 사람에게 그림책의 매력을 전파해 그림책 덕후로 이끄는 것, 책방을 시작할 때 내가 가졌던 원대한 꿈 중 하나가 실현되는 것 같았다.

손님들은 책방을 나서며 뭔가를 내밀었다.

"사장님에게 정말 고마워서 드려요. 좋은 거라 나누고 싶어서요. 이것 좀 보세요."

손님이 건네고 간 것은 코로나로 떠들썩했던 종교단체의 리플렛이었다. 아, 뭔가 싸한 이 기분. 내가 그림책을 좋아해서 여러 책을 소개하는 것처럼 손님들도 자신이 좋아하는 것을 내게 알려줄 자유가 있다. 종교만으로 사람을 판단하는 것은 편협한 태도

일지도 모른다. 이렇게 생각하려 애써봤지만 여전히 개운치 않고 씁쓸한 기분이 맴돌았다.

며칠 뒤 그들이 다시 왔고 전처럼 마냥 반갑지는 않았지만 불편한 마음을 감추고 인사를 했다. 그들은 여전히 나에게 궁금한 것이 많았다. 나이가 몇 살인지, 결혼은 했는지, 아이는 몇 살인지, 집은 어딘지, 남편은 몇 살이고, 직업이 뭔지. 그러고는 영상 하나를 보여주며 같이 보자고 했다. 그제야 확실히 알 수 있었다. 이 사람들은 그림책이 좋아서 온 게 아니라 종교를 전파하기 위해서 왔다는 것을.

"그림책이 좋아서 오시는 거라면 언제든 환영이지만 저에게 종교를 권하기 위해서 오시는 거라면 안 오셨으면 좋겠습니다."

불편한 말을 못하는 목소리에 힘을 실어 단호하게 거절 의사를 밝혔더니 그 뒤로는 다시 오지 않았다. 내 얘기를 들은 친구들은 거절했는데도 끈질기게 계속 오지 않은 게 다행이라고 했다. 들어주는 척하면서 매출이라도 올리지 그랬냐던 지인도 있었다. 처음엔 재미있는 경험이라며 웃어넘겼지만 다른 종교단체 사람들도 그림책에 관심이 있는 척 다가와 종교를 권하는 똑같은 과정을 서너 번 더 겪고 나니 힘이 쭉 빠졌다. 처음부터 종교를 권하기 위해 왔다고 하면 이렇게까지 실망하지는 않았을 텐데…. 내 진심이 이용당한 것 같아 허탈하기만 했다.

책방에 있으면 손님 아닌 손님들이 많이 온다. 물건을 팔아달라고 오는 사람도 있고 책방을 준비하면서 인테리어 정보나 가구 정보, 영업 노하우(그런 거 없음!)를 알아가려고 오는 사람도 있다. 무슨 이유에서인지 책보다 나를 더 궁금해하며 시시콜콜한 개인 정보를 묻는 사람도 있다.

장사가 처음이라 불특정 다수를 대하며 친밀함의 기준을 어디까지 세워야 하는지 몰라서 상처도 받았고 손님을 경계하기도 했다. 하지만 책방을 하지 않았어도 이런 경험은 어디서든 겪을 수 있는 일이다. 굳이 위축될 이유도, 경직될 필요도 없었다. 그렇게 생각하고 나니 손님을 대하는 마음이 훨씬 편안해졌다.

이제는 종교를 권유하는 손님이 오면 그분만큼 열정적으로 그림책을 권유할 자신이 있다. 한 번 들러주시면 잘 모시겠습니다!!

야근의 이유

나는 책방도 운영하지만 그림책 활동가이기도 하다. 성인들을 대상으로 하는 그림책 마음 성장 프로그램도 진행하고 수강생들이 직접 그림책을 창작하는 워크숍도 운영하고 있다. 그러다 보니 책방에서 수업 준비도 해야 하고 계획서나 보고서, 견적서, 계산서 작성과 같은 행정 업무를 해야 하는 경우도 많다. 창작 워크숍을 진행하고 난 뒤에는 출판물로 만들기 위해 편집 작업을 하는 경우도 있다. 이런 일들은 보통 마감이 있는데 참 신기하게도 몇 개의 마감은 늘 시기가 겹치고 그렇게 바쁜 날에는 꼭 손님이 다른 날보다 많다.

책방엔 책을 사러 오는 손님도 있지만 책방지기를 만나러 오는 손님도 있다. 책을 사러 왔다가 혹은 모임을 하러 왔다가 얼굴을 익히고 몇 번 이야기를 나누다 친해지면 다음엔 책보다 나를 만나러 오는 게 목적이 되는 경우도 많다. 나와 책방을 좋아해서 이곳에 계속 오는 사람들. 책방에 오는 모든 손님에게 최선을 다하지만 나를 보러 와주는 손님, 아니이제 손님이 아니라 친구가 되어버린 그 사람들에게는 더 마음을 다하고 싶다. 그렇게 마주 앉아 이야기를 나누다 보면 두세 시간은 훌쩍 지나가 버린다. 이런 날은 어쩔 수 없다. 남아서라도 마감을 위해 일하는 수밖에.

반면, 손님이 한 명도 오지 않는 날도 가끔 있다. 그런 날에는 모처럼 책도 읽고 그림도 그린다. 인스타그램 피드에 올릴 책 사진을 평소보다 더 정성스럽게 다양한 각도로 찍고 보정에도 신경을 써서 두 세 권씩 책 소개를 올리기도 한다. 책방 구석구석을 살피며 쌓인 먼지를 털기도 하고 책의 배치와 진열 순서를 달리해보기도 한다. 책방 문을 열고 나가 기지개를 켜며 어슬렁거리다가 다시 들어와 앉아 '책방 굿즈를 만들어볼까?', '새로운 프로그램을 시작해볼까?' 하며 인터넷 검색을 하기도 한다.

손님 없이 보내는 하루는 시간도 더디게 흐르고 나는 오래 돌보지 않은 화초처럼 시들거린다. 이런 날은 손님이 많아 정신없던 날보다 열 배는 더 피곤하고 무거운 걸음으로 칼퇴근한다. 누군가를 무작정 기다리는 시간은 외롭고 고독하다. 매일매일 야근해도 좋으니까 매일매일 손님이 많이 오면 좋겠다.

수수께끼 주문서

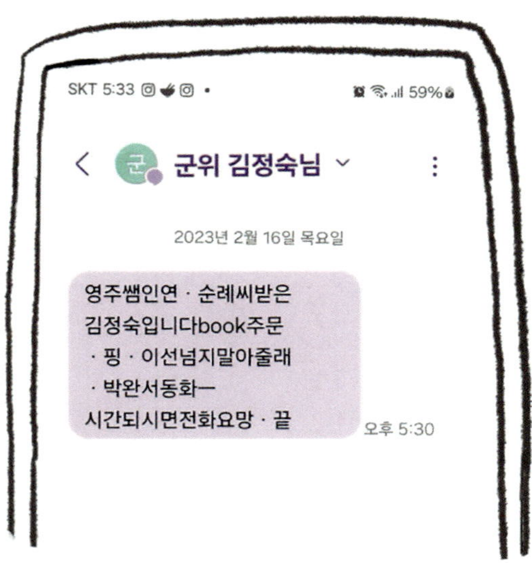

"영주쌤인연 · 순례씨받은 김정숙입니다book주문 · 핑 · 이선넘지말아줄래 · 박완서동화-시간되시면 전화요망 · 끝"

암호 같은 이 문자를 보낸 사람은 군위에 사는 70대 어르신 김정숙(가명) 님이다. 영주 샘은 군위에 사는 나의 지인인데 매달 2권의 그림책을 주문해 공부 모임을 하고 있는 분들과 함께 읽는다. 그 모임에서 〈순례 씨〉라는 책을 읽고 마음에 들었던 김정숙 님은 영주 샘을 통해 따로 구매하신 적이 있었다. 농사일로 늘 바쁘지만 책이 읽고 싶을 때는 택시를 불러 30분 거리에 있는 도서관을 가는 분이라는 영주 샘의 이야기가 인상 깊었는데 이번에는 나에게 직접 연락을 주신 거다.

주문하신 책 중에 박완서 작가의 동화는 제목이 정확하지 않아 통화를 하게 되었다. 김정숙 님은 통화를 하면서 2권의 책을 더 주문하셨다. 한 권은 제목을 정확히 알고 계셨고 한 권은 정호승 시인의 '분이네 오두막'이라는 시가 들어있는 시집이라고만 하셨다. 시 제목으로 그 시가 수록된 시집을 찾으려면 좀 힘들겠다 싶었지만 검색하면 나오겠거니 생각했다. 그런데 아무리 검색을 해봐도 정호승 시인의 시 중에서 그런 시는 없었다. 유일한 단서는 어느 블로거가 남긴 식당 후기에 찍힌 사진이었다. 식당 한 편에 '분이네 오두막'이라는 시가 적힌 액자가 있었는데 시인의 이름이 정확하게 보이지 않았다. 사진에 찍힌

시구를 검색해 봤지만 역시나 찾을 수 없었다.

아마 김정숙 님이 아니라 다른 손님이었다면 "책을 못 찾겠어요."라고 해 버렸을지도 모르겠다. 아니 애초에 이런 주문조차 없었을 것이다. 문자 보내는 것도 서툰 김정숙 님이 어렵게 주문하셨다는 걸 알기에 어떻게든 책을 찾아내고 싶었다. 그렇게 한참을 더 검색하고 나서야 드디어 그 시가 정호승 시인의 '분이네 오두막'이 아니라 정완영 시인의 '분이네 살구나무'라는 걸 알아냈고 무사히 책을 보낼 수 있었다.

김정숙 님은 휴대전화로 송금하는 법을 몰라 책값을 보내기 위해 시간을 내어 읍내에 있는 은행에 들러야 했다. 주문 과정도, 돈을 보내는 과정도 어렵고 힘드셨을 텐데 그렇게 힘들게 구입한 책이 그 분에게 어떤 의미일지 짐작이 돼서 더 감사하다고 전했다.

한 달쯤 뒤에 편지 한 통을 받았다. 경조사 때나 쓰이는 흰색 규격 봉투 안에는 지금껏 판매되고 있는지도 몰랐던 규격 편지지에 손으로 쓴 김정숙 님의 편지가 있었다. 오랜만에 누군가에게 편지를 써

설렌다는 이야기로 시작하는 편지에는 그림책을 통해 세상을 배운다며 내가 보낸 엽서가 따뜻했다는 인사와 또 다른 책의 주문이 쓰여 있었다. 편지를 읽는데 눈물이 왈칵 쏟아졌다. 책방을 운영하는 것은 '책'을 팔아 돈을 버는 장사 그 이상의 의미가 담긴 일이라는 걸 다시 한 번 느꼈다.

지난번에 주문하신 책 중에 절판되어 보내드리지 못했던 책을 중고로 구해놓았는데 손 편지와 함께 선물로 보내드려야겠다. 이번에도 주문하신 책 중에 1권은 검색이 되지 않는다. 아마 책 제목을 잘못 알고 계신 모양이다. 무사히 책을 보내드리기 위해 한동안 수수께끼를 풀 듯 열심히 검색해야겠지. 그래도 김정숙 님과 천천히 책을 사고파는 이 일이 오래도록 지속되면 좋겠다.

어린이에게는 더 다정하게!

지역아동센터에서 어린이 십여 명과 선생님이 책방에 온 적이 있었다. 흔들의자에 앉아 음료를 먹던 어린이가 그만 실수로 컵을 떨어뜨리고 말았다. 깨진 유리 조각이 바닥에 흩어져 있고 카펫은 음료로 흠뻑 젖어 있었다.

"괜찮아? 안 다쳤어?"

아이의 몸을 확인한 후 아이들이 깨진 유리 조각 근처로 오지 않게 하고 선생님과 함께 쏟아진 음료와 유리 조각을 치웠다. 아이는 정리가 될 때까지 근처에서 걱정이 가득한 얼굴로 서 있었다. 나는 아이를 자리에 앉히고 음료를 새로 만들어 가져다주었다.

"많이 놀랐지? 괜찮아, 우리 집에 오는 다른 손님들도 종종 유리컵을 깨. 나도 설거지하다가 그런 적 있는걸."

아이는 긴장했던 몸에 힘을 빼고 그제야 안심하는 눈빛이 된다. 그런 아이를 보니 어릴 때 겪었던 일이 떠올랐다.

내가 다니던 초등학교는 집에서 15분 정도 떨어져 있었다. 집에서 학교까지 가는 길은 여러 개였지만 내가 제일 좋아하는 길은 시장을 지나가는 길이었다. 시장에는 내 단골 분식점이 있었는데 집으로 가는 길에 떡볶이나 핫도그를 사 먹는 건 빼놓을 수 없는 즐거움 중 하나였다.

그날도 친구와 분식집을 가는데 어느 가게 앞에서 과자가 담긴 상자가 바닥에 떨어진 걸 보게 됐다. 주인 아주머니는 상자가 떨어진 것도 모르고 손님과 수다를 떠느라 정신이 없었다. 친구는 그냥 가자고 했지만 아주머니에게 알려 줘야 할 것 같아 "여기 상자가 떨어졌어요." 하고 말했다. 주인아주머니는 내가 그랬다고 생각했는지 다짜고짜 소리를 지르며 혼내기 시작했다. 조금 전까지 손님과 깔깔 웃으며 이야기하던 모습은 온데간데없고 어찌나 무섭게 화를 내던지 그 기에 눌려 내가 한 게 아니라는 말도 못 하고 벌벌 떨기만 했다. 보다 못한 손님이 그만 가라고 해주어 겨우 그 자리를 벗어날 수 있었는데 눈물이 찔끔 났다. 한동안 그 가게를 지날 때마다 혹시나 내가 물건을 떨어뜨릴까 봐 긴장되고 가슴이 조마조마했었다. 어린 마음에 억울해서 '나는 커서 소리 지르는 어른은 되지 말아야지.'라고 생각했다.

책방에도 종종 이런 사고가 생긴다. 어린이들이 책방 여기저기를 구경하다 보면 화분을 넘어뜨려서 깨기도 하고 실내장식으로 둔 소품을 망가뜨리기도 한다. 속상할 때도 있지만 화가 나지는 않는다. 일부러 그런 게 아니라는 걸 알기 때문이다. (가끔 일부러 그러는 어린이에게는 조금 미운 마음이 들기도 한다.)

그림책 속의 세상은 친절하고 안전하다. 실수해도 괜찮다고 따뜻하게 말해주고 쪼그라든 마음을 펼치고 다시 할 수 있게 격려하고 기다려준다. 덕분에 보기 싫은 나의 모습을 조금 너그럽게 바라보게 됐다. 그림책이 가득한 우리 책방도 어린이들에게 이렇게 다정하고 따뜻한 공간이었으면 좋겠다.

영감을 주는 영감님

희끗희끗한 머리에 안경을 쓴 남자 손님 한 분이 책방 문을 열고 들어섰다. 그림책방이라 이용자의 대부분은 젊은 여성과 아이들이지만, 가끔 이렇게 남자 손님도 온다. 예전에도 나이 지긋한 남자 손님 한 분이 차를 마시며 한참 책을 읽다가 가셨고 마침 이날 아침에도 한 남자 손님이 책방 이용에 관해 매우 정중하게 물어보고 가셨다. '오늘은 남자 분들이 많이 오시네.'라고 생각하며 손님을 맞았다.

손님은 바로 자리에 앉지 않고 문 앞에 서서 뭐라고 했는데 말을 알아듣기가 어려웠다. "네?" 하고 다시 물으니 "여기 왈왈이 있어요?"라고 한다. 왈왈이가 뭘 말하는 건지 잠시 생각하고 있는데 손님이 출입문 아래 깔아놓은 러그의 강아지 그림을 가리킨다.

"아, 강아지요? 아니요, 없어요."

가끔 반려견 토르가 책방에 오는 걸 알고 계시는 분인가?

"신발 벗고 들어갑니까?"

책방 입구에는 작은 턱이 있어 가끔 이렇게 물어보는 분들이 있었고 신발을 벗는 어린이들도 있었기에 손님의 등장이 평범하지는 않았지만 그러려니 했다.

손님은 책방에 들어와 두리번거리며 창가에 앉더니 "여기 옛날에 해물찜 하는 데 있었는데 압니까?"라고 묻는다. 책방이 있는 건물은 예전에 어린이집이었다. 그걸 기억하는 손님들이 있었기에, 이 남자 손님의 질문에도 '어린이집 전에는 해물탕집이었나? 이 동네를 오랜만에 찾아오신 건가.'라고만 생각했다. 그런데 슬슬 손님이 좀 이상하게 느껴졌다. 손님은 차를 주문하지도, 책방에 관해 물어보지도, 그렇다고 책에 관심을 보이지도 않는다. 주위에 음식점이 있는지 술은 마실 수 있는지 물어본다. 문득 원래 발음이 정확하지 않은 분이 아니라 술을 마셔서 그럴 수도 있겠다는 생각이 들었다.

손님이 또 묻는다.

"큰일 보려면 어떻게 해야 합니까?"

"네?"

"큰일, 큰일!"

아, 화장실. 이 손님의 목적은 화장실이었구나. 사실 화장실만 쓰고 가는 사람도 있다. 그런 걸로 야

박하게 굴지는 않았는데 어쩐지 이 손님에게는 그러고 싶지 않았다. 사실 빨리 내보내고 싶은 마음이 컸다.

"여기 그냥 화장실만 이용하는 곳은 아니에요. 책을 사시거나 음료 드시는 곳입니다."

"뭐 여기에서 음료 안 먹으면 오줌도 싸지 말라 이거야?"

손님은 자리에서 일어나 버럭 소리를 지르며 눈을 커다랗게 흘겨 뜨고 나를 위아래로 훑어보았다. '그렇다고 화장실만 이용하는 곳도 아니잖아요.'라고 하고 싶었지만, 술에 취한 사람을 더 상대하느니 얼른 내보내는 게 좋겠다 싶었다. 잠시 뒤 화장실을 갔다 온 손님이 계산대 앞으로 오더니 "커피 줘 봐." 하고는 돈을 툭 던진다. 그냥 가라고 하고 싶은데 그러면 진짜 시비가 붙을 것 같다.

창가에 커피를 놓고 앉은 손님은 '예쁘다, 꽃처럼 예쁘다.'라는 글귀를 소리 내 읽더니 나를 흘끗 보며 "뭐 하나도 안 예쁘구먼." 대놓고 시비다. 못 들은 척 반응하지 않으니 또 이런저런 질문을 한다. 앞집 대문에 붙은 어느 가게의 이벤트 전단을 보며 뭐냐고 묻길래 모르겠다고 했더니 "저기서 오줌싸면 귀싸대기 때리나?"라고 한다. 전단의 내용에 관해 물었던 게 아니라 전단이 붙은 앞집을 가리키며 묻는 말이었나 보다. 기가 차서 "저기 사람 사는 집이에요." 했더니 알면서 모른 체 했다며 또 버럭 소리를 지른다.

"나가면 음식 파는 데 있어요? 점심 먹으러 나갈 거 아니야?"

"책방 문 닫고 갈 수 없어서 점심은 나가서 안 먹어요"

"밥 먹는 데 두세 시간 걸리나? 내가 뭐 밥을 서너 시간씩 먹으라 하나? 여기에는 오는 사람도 없구먼."

꼬투리 잡으려고 질문하고 대답하면 비아냥거리는 태도에 짜증이 났다.

"지금 저 걱정해 주시는 거예요?"

손님을 똑바로 바라보며 목소리를 높였더니 눈을 피하며 슬쩍 고개를 돌린다. 누구에게라도 도움을 요청해야겠다 싶어 휴대전화를 들었다.

"여기 CCTV 녹화도 합니까?"

책 사이에는 'CCTV 녹화 중'이라는 팻말이 있

다. CCTV는 고장 나서 없지만 치우기 싫어서 그냥 둔 것이었다.

"네, 녹화가 다 되고 있어요."남자는 잠시 쭈뼛쭈뼛하더니 커피가 너무 뜨거워서 못 먹겠다며 문을 열고 나갔다. CCTV 아니었으면 어쩔 뻔했을까? 이 정도로 마무리되어 다행스러우면서 책방 문을 연 이후 처음 맞이한 진상 손님이라는 걸 깨달았다.

"오늘은 중요한 날이야. 기록해야지."

노트를 꺼내 방금 있었던 일을 쓰고 있는데 갑자기 'CCTV 녹화 중'이라는 제목과 함께 그림책에 관한 아이디어가 떠올랐다. 이 손님은 진상이 아니라 내게 영감을 주러 온 분이었구나. 그제야 긴장이 사라지고 피식 웃음이 났다.

책방을 하면서 단조롭던 삶에 툭툭 특이한 색깔의 무늬들이 생긴다. 원하지 않던 무늬, 예쁘지 않은 무늬도 생기지만 이게 싫지만은 않다. 각양각색의 무늬가 하나하나 모여 그려질 내 삶의 모습이 기대되니까. 이런 손님과의 만남도 재미있다고 느껴질 만큼 아직은 책방에서의 모든 게 좋다.

단골손님은 사랑입니다

중년 여성 한 분이 문을 힘껏 열고 씩씩한 걸음으로 책방에 들어온다.

"여기 커피만 마시고 가도 되는 곳이에요?"

"그럼요. 안쪽에도 자리 있으니까 편한 곳에 앉으세요."

"책은 다 봐도 되는 거예요?"

"네. 견본책들은 편하게 자리에서 보셔도 돼요. 판매용 책은 자리에 가져가서 보실 순 없고요, 책을 펼쳐서 어떤 내용인지 살펴보시는 건 괜찮아요. 상하지 않게 조심해 주세요."

책방을 둘러보던 손님은 창가 바 테이블에 앉더

니 지갑을 들고 카운터로 온다.

"저는 카페라테 따뜻하게 한 잔 주세요."

몇 달간 책방을 해 본 경험으로 볼 때 손님은 크게 두 부류다. 책이 목적인 손님과 음료가 목적인 손님. 책이 목적인 손님은 음료 맛에 대한 기대가 크지 않다. 기대가 없기에 먹어보고 괜찮다 싶으면 만족도가 아주 높아진다. 커피가 입맛에 맞지 않더라도 여긴 책방이 '주 영업'이니까 하고 넘어가 준다. 그래서 책을 사러 오신 손님이 음료를 주문할 때는 긴장이 덜 된다. (그렇다고 절대 음료를 대충 만들지는 않는다.)

그런데 이 손님은 딱 봐도 음료가 목적이다. 게다가 내가 힘들어하는 우유 거품을 만들어야 한다.' 하트를 만들 수 있으려나, 욕심내지 말고 그냥 예쁘게만 부어드리자. 침착, 침착.'갑자기 비장한 마음의 커피 장인이 된다. 커피를 내려서 컵에 담고 데워서 거품을 낸 우유를 붓는다. '아, 하트는 망했다. 티 안 나게 거품을 위에 깔자.' 커피 내리는 1분 남짓의 시간에 진땀이 난다. 음료를 드리고 내 할 일을 하면서도 계속 손님의 눈치를 살핀다. '맛있어라, 맛있어라.' 손님의 등 너머 보이는 커피잔에 부족한 맛을 채울

간절한 마음을 날려 보낸다.

며칠 뒤 손님이 다시 방문했다. 와우! 음료가 목적이었던 손님의 재방문이다! 손님은 또 카페라테를 주문했다.

"여기 쿠폰은 없어요? 저 여기 단골이 될 것 같은데."

"어머, 쿠폰은 없는데… 죄송해요."

손님은 음료를 받아 가시며 이렇게 말했다.

"여기 라테 맛있어요."

아, 쿠폰을 만들었어야 했는데…. 단골 문턱에서 유턴하시지는 않겠지. 뭐라도 내어드리고 싶어 음료를 주문하면 하나씩 드리는 초콜릿을 두 개 드렸다. 그 손님은 단골이 될 것 같다는 말을 지키시기라도 하듯 일주일에 두세 번씩 왔다. 라테 온도가 더 높았으면 좋겠다고 해서 손님이 주문할 때는 늘 컵을 먼저 데우고 스팀 온도를 높여서 만들었다. 가끔 라테 아트를 시도하다 실패해 찌그러진 하트가 그려진 채로 드리기도 했지만, 손님은 다행히 신경 쓰지 않는 눈치였다.

홀로 오시던 손님이 어느 날 친구 두 명과 함께

왔다.

"저는 늘 먹던 거 주시고요, 레모네이드 하나, 아
메리카노 시럽 넣어서 하나 주세요. 이 집 커피 맛있
어."

반신반의하는 친구들과 달리 손님의 목소리엔
자신감이 넘친다. 신뢰가 가득 담긴 눈빛으로 동의
를 구하듯 바라보는 손님에게 나는 그 말이 사실이
니 안심하라는 듯 가볍게 고개를 끄덕였다.

"네. 준비되면 말씀드릴께요."

목과 어깨를 돌려 가볍게 스트레칭하고 샷 잔을
드는 나는, 비장하다. 절대 이 손님들을 실망시켜서
는 안된다. 단골은 사랑이니까.

단체손님이 오셨습니다

"○○도서관에서 왔습니다. 그림책 수업을 하고 있는데 수강생들과 함께 방문하고 싶어요."

책방을 열고 한 달 정도가 되었을 무렵 도서관 사서 선생님 두 분이 방문하셨다. 우리 책방에서 수업을 하고 싶은데 공간이 되는지 확인하고 싶어 왔다는 것이다. 수강생 17명과 강사 1명, 담당자 1명 총 19명이 방문할 예정이며 모두 음료를 1잔씩 마시고 도서관지원금으로 책도 구입하겠다고 했다. 처음 맞는 단체 손님이었다.

혼자서는 자신이 없어 친구에게 도와달라고 부탁하고 레시피와 음료 만드는 과정을 상상하면서 손님을 맞을 준비를 했다. 그리고 그날이 왔다.

"레모네이드 한 잔이랑 따뜻한 바닐라라테 한 잔이요."

"네." (바닐라라테는 컵에 소스랑 파우더를 먼저 넣어야 하고….)

"아까 주문한 아메리카노 취소하고 허니자몽블랙티로 주세요."

"네." (결재 취소는 어떻게 하더라…)

"지금 주문해도 돼요?"

"잠시만요. 아이스아메리카노 2잔 나왔습니다." (다음에 나갈 음료가 뭐지?)

단단히 마음먹고 출근했지만 막상 닥치니 예상보다 훨씬 더 복잡하고 정신이 없었다. 주문서를 몇 번씩 확인하고 음료 만드는 순서를 머릿속으로 계속 생각했지만 과부하에 걸려 속도가 느려진 컴퓨터처럼 버벅거렸다.

책을 계산하는 건 더 복잡했다. 여러 명이 한꺼번에 계산대 앞에 와서 누구는 카드, 누구는 현금, 누구는 계좌 송금으로 결제하는데 도서관지원금은 빼야 한다. 그 와중에 재고가 있는 책은 찾아서 가져오고 없는 책은 주문받아야 하니 혼돈 그 자체! 게다가 주문한 책을 찾으러 오겠다는 사람, 도서관으로 보내 달라는 사람 등 다 달랐다.

친구가 도와주었는데도 나중에 확인해 보니 실수 투성이였다. 주문한 책을 잘 못 기록해서 엉뚱한 책을 보내기도 했고 책방에 전시된 책을 줘서 새 책으로 바꿔주기도 했다. 계산을 잘못한 것도 있는데 그나마 정가보다 적게 받아서 다행이랄까? 내가 소장하고 있는 책을 굳이 사겠다는 손님에게 중고 가격으로 할인해서 판매했는데 다시 입고하려고 보니 절판된 책이었다. 좋아하는 책이라 중고로라도 구매하려고 보니 중고 가격은 정가보다도 훨씬 비쌌다. 어떤 책이 절판된 책인지 일일이 확인할 수 없으니 앞으로 소장하고 있는 책은 절대 팔지 말아야겠다는 교훈도 얻었다.

혼이 쏙 빠져버린 첫 단체 손님이었지만 다음 번에 단체 손님이 왔을 땐 어떻게 해야 하는지 감이 생겼다. 주문이 잘 들어오지 않아 자주 만들어 볼 기회가 없었던 음료를 만들며 순서를 익혀볼 수 있었고 맛이 부족하다고 평가받은 메뉴는 레시피 수정도

할 수 있었다. 컵받침, 티스푼 등 필요한 물품이 무엇인지도 파악할 수 있었다.

요즘드 종종 단체 손님 예약이 있지만 전처럼 허둥대지 않는다. 열 몇 개의 음료쯤은 머릿속에서 준비하는 순서가 차라락 펼쳐진다. 카드를 어떤 방향으로 꽂아야 하는지도 몰랐던 내가 상품마다 할인율을 다르게 하거나 금액을 나눠서 결제할 줄도 안다. 포스기에 상품 이름과 금액을 일일이 입력하다가 지금은 바코드만 찍으면 책 이름과 가격이 자동으로 입력되도록 해 두었다. 삑! 하는 경쾌한 바코드 소리를 들을 때마다 이렇게 세련되고 전산화된 동네 책방은 우리 책방밖에 없겠다 싶어 의기양양해진다. 솜털 보슬보슬했던 병아리 책방지기가 이렇게 중닭이 되어 간다.

이불킥 나의 실수들

쥐구멍에 숨고 싶다...

1. 레시피 숙지가 안 된 초보 시절, 모카라테를 주
   문한 손님에게 우유 대신 물을 넣어 음료를 만
   들어 서빙했다가 화들짝 놀라 다시 만들었던 일.

2. 엄마의 말도 나의 말도 듣지 않고 책방 도장을 마
   구 찍어 대던 꼬맹이. 엄마의 도와달라는 눈빛을
   보며 단호하게 말해야지, 단호하게 말해야지 생
   각하다가 "이모는 아주 단호해!"라고 말했던 것.
   엄마의 뜨악하던 표정이 자꾸 떠오른다.

3. 테이크아웃 커피를 할인한다고 해놓고는 그대로
   계산한 것. 손님의 의아한 표정을 보고서야 계산
   실수를 깨달았다.

4. 책 주문서를 작성하면서 제목을 잘 못 쓰거나 출
   판사 이름을 잘 못 쓰는 등의 자잘한 실수를 계
   속 반복해 결국 업체 측에서 제발 확인 좀 제대로
   하고 보내달라는 답 메일을 받았다. 죄송합니다.

5. 견적서와 계산서를 작성하는데 원 단위는 절삭
   해서 보내야 한다는 걸 모르고 5원까지 작성해
   서 보낸 일. 다행히 담당자는 호쾌하게 웃었지만,
   나는 얼굴이 화끈화끈.

6. 몇 번이나 만났던 손님의 얼굴을 기억 못하다니.

총명탕 어디 파나요? 반갑게 인사하던 손님에게 너무너무 죄송했어요.

7. 출판사에서 신간 홍보를 위해 보낸 견본책을 손님에게 실컷 팔고 나서 보니 아뿔사, 견본책으로 잘못 전했다. 바꿔 주겠다고 하는데 굳이 괜찮다고 그냥 보겠다는 손님.

8. 같은 책 4권을 택배로 주문한 손님의 주문서를 잘못 보고 책 1권에 택배비만 계산한 일, 다행히 손님이 알려주셔서 다시 계산했는데 이번에는 3만원 이상 무료 배송인 걸 깜빡하고 배송료를 받아 버렸다. 적게 계산하면 알려주고, 많이 계산하면 그런가보다 하고 계산하는 우리 손님들.

9. 차가운 음료에 빨대 하나, 티스푼 하나를 꽂아야 하는데 티스푼만 2개를 꽂아주었던 일.

10. 포인트 적립을 안했네, "손님 카드 좀 다시…" 결제 취소.
이번에는 할인을 안 했네, "손님 카드 좀 다시…" 결제 취소.
한 손님의 계산을 세 번이나 다시 했던 그 날. 쥐구멍 어디 있나요, 정말.

가끔은 별다방에 가야합니다

집에서 글을 쓰거나 그림을 그릴 땐 늘 그렇다. 글 좀 쓰다가 고개를 들어 보면 너저분한 거실이 보여 청소하게 되고 집중이 좀 되나 싶으면 세탁기 넣어둔 빨래가 다 되어 일어서게 된다. 빨래를 개며 괜히 티브이를 틀었다가 한두 시간 정신줄을 놓은 채 보는 날도 있고 심심해하는 강아지의 눈빛을 외면할 수 없어 산책을 갔다 와서는 피곤하다고 소파에 누워 잠들어 버리기도 한다. 그러다 보면 밥할 시간, 애들이 오는 시간이 된다. 그렇게 중요하지 않은 집안일에 급하지 않은 내 작업이 늘 밀리고 만다. 그래서 글을 쓰고 싶거나 그림을 그리고 싶을 땐 집안일이 보이지 않는 카페로 짐을 챙겨 나가야 했다. 내 책방이 생긴다면 그곳에서 얼마든지 글을 쓰고 그림을 그릴 수 있겠지!

그러나 책방에서의 작업은 내 기대와 달랐다. 글 좀 쓰다가 보면 화장실 청소를 해야 하는 날인 게 생각나고 집중이 좀 되나 싶으면 꼭 손님이 온다. 손님이 없어 조용할 때는 인스타그램에 책 소개를 올려야 할 것 같고 다른 책방에서는 어떤 책을 입고했는지 슬쩍 염탐도 하고 싶다. 그러다 보면 어느새 마감

시간이다.

　영업 종료 후에 작업을 하려고 하면 "어머 사장님 오늘 늦게까지 계시네. 아메리카노 한 잔이요."하고 손님이 온다. 다시 작업에 몰두하려고 하면 "여기 뭐 하는 곳이에요? 매일 문 닫혀 있다가 오늘은 열려 있어서 들어와 봐요."하고 새로운 손님 등장. 'close' 팻말을 돌리고 책방에 불을 켜 놓으면 안 오던 손님도 오는 놀라운 매직. 결국 해야 할 일은 제대로 하지 못하고 집에 가야 하는 시간이 된다.

　책방지기인 나는 멀쩡한 책방을 두고 글을 쓰거나 그림을 그리기 위해 남이 만들어 놓은 공간을 찾아간다. 이래서 내가 별다방이랑 손절을 못 해.

책방 사용 설명서

주인님을 기다려요

책방에는 〈주인님을 기다리는 책〉 코너가 있다. 손님이 책을 주문하면 미리 포장해서 찾으러 올 때까지 두는 곳이다. 이곳에 있는 책은 다른 손님이 볼 수도, 살 수도 없다. 오직 책을 사기로 약속한 주인만이 펼쳐볼 수 있다. 어떤 책은 잠시 머물다 금방 주인을 만나 떠나기도 하고 어떤 책은 다른 책들이 몇 번씩 바뀔 때까지 한참을 이곳에 머물기도 한다. 이곳에 있는 책들을 보면 먼 곳으로 여행을 떠나기 전에 마지막으로 머무는 방 같다는 생각이 든다. 그리고 이 책에 어떤 일들이 일어날까 상상해 보게 된다.

이 책을 가장 많이 펼쳐보는 이는 어른일까, 아이일까? 책을 읽고 난 뒤에는 어떤 표정을 지을까? 이 책은 다른 책보다 더 많이 읽히고 사랑받을까? 한두 번 읽힌 뒤에는 책장에서 오랜 시간을 보내게 될까? 이 책과 책을 산 이 사이에 어떤 추억과 이야기가 쌓일까? 그림척의 최종 목적지인 독자의 품에서 행복하길 바라며 예약받은 책에 정성껏 리본을 묶는다.

책방 고양이 여행 보내기

책방에는 고양이 피규어 9개가 있다. 처음에 고양이 피규어를 둔 이유는 엄마와 함께 온 어린이들을 위해서였다. 책을 좀 많이 봤으면 하는 엄마의 욕심과 달리 아이들은 책 몇 권을 읽고 나면 금세 지루해한다. 그럴 때 나는 고양이 한 마리를 아이 앞에

슬쩍 데려온다.

"있잖아, 우리 책방에는 고양이 아홉 마리가 살고 있거든. 근데 이 고양이들은 책방 곳곳에서 놀고 있어. 너희들이 고양이들이 어디 있는지 한번 찾아볼래? 다 찾으면 이제 너희가 고양이를 다른 장소로 데려다주면 돼. 고양이는 혼자 못 움직이니까 너희가 이렇게 고양이 여행을 시켜주는 거지."

　　어린이들은 신나서 고양이를 찾아 책방을 탐험한다. 보물찾기 같기도 숨바꼭질 같기도 한 이 놀이에 마음을 다하는 어린이들을 보면 정말 귀엽고 사랑스럽다. 어린이들이 가고 나면 나도 슬쩍 고양이를 찾아보는데 정말 예상치 못한 장소에서 발견되곤 한다. 역시 어린이들은 놀이의 천재다. 어떤 고양이는 무려 한 달 동안이나 꽁꽁 숨겨져 못 찾다가 눈 밝은 어린이가 우연히 나뭇잎을 들어 발견되기도 했다.

　　어린이들에게는 책방이 지루할 수 있다. 책을 읽기 싫을 수도 있다. 하지만 책이 있는 공간에서 어린이들이 즐거웠으면 좋겠다. 책과 함께 한 즐거운 기억과 행복한 경험이 많은 어린이는 나중에 분명 책을 좋아하는 어른이 될 테니까. 어른들도 슬쩍슬쩍 끼어

들더니 어느새 이 놀이는 책방에 오는 사람 누구나 참여하는 소소한 즐거움이 되었다. 언젠가 중학생들이 책방에 다녀간 뒤에는 고양이 한 마리가 책장 제일 위 칸에서 발견되었다. 어린 동생들은 절대 둘 수 없는 위치였다. 내내 시크하던 사춘기 형의 귀여운 모습에 하루 종일 엄마 미소가 떠나질 않았다. 역시 고양이 두길 잘했어.

책 속 한 줄을 씁니다

그림책 공부를 하면서 그날그날 내 마음에 와닿았던 그림책의 문장을 필사하고 책에 대한 짧은 소감을 기록했다. 그렇게 매일 책을 읽고 썼던 노트가 쌓였고 그림책 수업을 하거나 글을 쓸 때 큰 도움이 되고 있다. 책방을 열고 나서도 꾸준히 기록하다가 문득 다른 사람들은 그림책의 어떤 문장이 마음에 들었는지 궁금해졌다.

책방 한 켠에 테이블을 두고 원고지 모양의 메모장과 잉크를 콕콕 찍어서 쓰는 깃털 펜을 뒀다. 메모장 앞에는 "그림책을 보고 마음에 드는 한 문장을 남겨주세요."라고 썼다. 그랬더니 제법 많은 손님들이 메모장에 글을 써두고 갔다. 한 글자 한 글자 원고지 칸에 맞추어 쓴 사람, 원고지 칸 따위는 신경 쓰지 않고 자유롭게 쓴 사람, 문장을 쓸 수 없어 이름을 쓴 어린이, 안내글과 상관없이 책방지기에게 하고 싶은 말을 쓴 사람 등 남겨진 글에는 다녀간 손님의 개성이 함께 남아있다. 메모장의 글을 읽으면 나 혼자만의 책방이 아니라 모두의 책방이 된 것 같아 외롭지 않다.

책을 소개합니다

　　책방 업무 중에서 내가 가장 중요하게 생각하면서 제일 어려워하는 일, 그리고 가장 고심해서 하는 일은 책을 추천하고 소개하는 일이다. 책방을 여는 날에는 인스타그램에 매일 책 한 권을 소개하는데 매번 해도, 매번 어렵다. 그림책을 연구하거나 평론하는 사람도 아니고 그림책 작가도 아니라 그림책을 조목조목 분석하지는 못한다. 대신 이 그림책이 나에게 어떤 기억을 불러일으켰고 어떻게 생각의 폭을 넓혀줬는지 어떤 기분을 들게 하고 어떤 마음으로 책을 읽었는지 등을 써서 인스타그램에 올린다. 혼잣말 같기도 하고 일기장에 써야 할 것 같기도 한 이야기를 꾸준히 올리는 이유는 생각보다 많은 사람들이 인스타그램을 보고 책을 구매하기 때문이다. 내가 올린 책 소개를 보고 우리 책방에 와 책을 구매하며"이 책 정말 좋네요."라고 말해주면 날아갈 것 같다. 가끔 그림책 작가가 댓글로 고마움을 전하기라도 하면 부끄럽기도 하지만 뿌듯한 마음도 크다.

책방에 오는 손님 중에서도 책 추천을 부탁하는 사람이 많다. 선물하기 위해 부탁하기도 하고 본인이 보기 위해 부탁하기도 한다. 이건 내 자랑 같지만 아니 자랑이지만 그럴 때마다 매번 딱 떠오르는 책이 있다. 그렇게 몇 권의 책을 소개하면 손님들은 십중팔구 "어머, 이 책 좋네요. 제가 찾던 그런 책이에요."라고 한다. 아이가 읽을 책을 찾던 손님에게 추천한 책을 보고 또 본다며 후기를 전해 들을 때면 보람차다. 역시 나는 책방지기가 천직인 듯 하다.

혼나지 않게 해주세요

구스노키 시게노리 글 |
이시이 기요타카 그림 |
고향옥 옮김 | 베틀북

그림책에는 예쁜 이야기만 있는 줄 알았는데 어린이의 힘든 마음을 표현할 수도 있다는 걸 알게 해준 책. 이 책 덕분에 큰 아이의 마음을 살펴볼 수 있었다. 그림책의 매력에 눈을 뜨게 해준 고마운 책이다.

리디아의 정원

사라 스튜어트 글 | 스몰 스튜어트 그림 | 이복희 옮김 | 시공주니어

가족과 떨어져 지내게 된 힘든 상황에서도 좌절하지 않고 타인에 대한 다듯한 마음을 잃지 않는 리디아.

하고 싶은 것이 무엇인지 분명하게 알고 포기하지 않
는 리디아를 사랑하지 않을 방법이 없다.

이슬이의 첫 심부름

쓰쓰이 요리코 글 | 하야시 아키코 그림 | 이영준 옮김 | 한림출판사

어떤 일을 처음 할 때 유독 긴장을 많이 하는 터라 이 책의 이슬이가 너무나 공감이 되었다. 넘어지기도 하고 실수도 했지만 무사히 첫 심부름을 해낸 이슬이를 보며 용기를 얻는다.

농부 달력

김선진 글, 그림 | 웅진주니어

"쓸데없이 내리는 비는 없습니다." 정직하게 일하고 넉넉하게 나누는 노부부의 모습처럼 나이들고 싶다.

가드를 올리고

고정순 글, 그림 | 만만한책방

더 버티기 힘들 것 같아 다
포기해 버리고 싶은 순간에
도 후들거리는 다리를 딛
고 일어서 다시 가드를 올
리게 하는 힘. 그런 힘이 되
어주는 것은 무엇일까?

아름다운 실수

코리나 루켄 글, 그림 | 나는별

검은 잉크가 떨어진 종
이를 처음 상태로 되돌
릴 수는 없지만 더 예쁘
고, 멋지게 변화시킬 수
는 있다. 실수란 그런
것이라고 그러니 괜찮
다고 말해주는 책.

수많은 날들

앨리슨 맥기 글 | 유태은
그림 | 이정빈 옮김 |
이야기꽃

아이의 생일 날 꼭
읽어주는 책. 살아가
면서 내딛는 모든 걸
음 걸음을 이렇게 응원해주고 싶은 마음이다.

그래봤자 개구리

장현정 글, 그림 | 모래알
(키다리)

유난히 내가 작고 초
라하게 느껴지는 날
이 있다. 그런 날 "그
래, 나 개구리다!" 하
며 크게 외치는 개구리를 보면 나도 다시 한번 더 풀
쩍 뛰어오르고 싶어진다. 몸과 마음이 자꾸만 움츠러
들어 위로와 용기가 필요할 때 추천.

책방의 첫 생일

2023년 새 다이어리에 가족들의 생일과 제사, 중요한 기념일을 적다가 문득 궁금해졌다.

"책방 생일은 어떤 날을 기준으로 해야하지?"

"그게 무슨 말이야?"

"책방 사업자 신고를 한 날은 5월 3일이고 사업자등록증에 기재된 개업일은 5월 9일이야. 근데 개업식을 한 건 6월 10일이야."

"그럼 6월 10일로 해야 하는 거 아냐?"

"근데 그전에도 영업은 했거든."

사실 날짜가 중요했다기보단 어떤 날을 생일로 정해야 사람들이 더 많이 올지, 더 재미있게 놀 수 있을지 고민했다는 게 맞다. 1년을 버틸 수 있을까, 책방 구실은 할 수 있을까 걱정했는데 책방으로 인연을 맺고 꾸준히 찾아오는 사람들 덕분에 계속 문을 열 수 있었다. 해마다 책방 생일은 돌아오겠지만 첫 1주년은 책방을 아끼고 사랑해 준 사람들과 함께 축하하고 즐기며 축제처럼 보내고 싶었다. 떠들썩하고 흥겹고 신나게.

책방 생일은 5월 9일로 정했다. 생일날 딱 하루만 놀긴 아쉽고, 명색이 그림책방인데 어린이날을 그냥 지나치는 건 말이 안 되니까 5월 1일부터 생일인 9일까지 생일 주간으로 정해서 쭈욱 이벤트를 하기로 한 것이다. (와우! 내 스케일 좀 보소.)

날짜를 정했으니 파티의 흥을 돋게 할 놀거리를 준비할 차례다. 꽝부터 20%까지 다양한 할인율이 적힌 종이를 손님이 직접 뽑도록 하고 생일 주간 동안 책방을 이용한 뒤 sns나 네이버 영수증 리뷰를 남기면 추첨을 통해 책을 선물하기로 했다. 어린이날에는 열쇠고리 키트를 준비해서 책방에 오는 어린이들이 직접 만들어 가져갈 수 있게 했다.

제일 공들여서 생각하고 준비한 이벤트는 '책방

지기를 이겨라!'코너. 1주년 기념선물로 책방 로고가 예쁘게 새겨진 에코백을 제작했는데 그냥 주는 건 재미가 없어서 나와 게임을 해 이기면 주기로 했다. 게임은 다양했다.

책방지기의 참참참 공격 3번 피하기, 책방지기와 묵찌빠 게임해서 이기기, 무작정 페이지를 넘겨 나온 그림에 등장하는 사람의 수가 더 많은 사람이 승리, 책방지기와 공기놀이를 해서 10점 먼저 따기와 같이 승부를 겨뤄야 하는 게임도 있었고, "책방 로고에서 책 읽는 아이가 쓴 안경 색은?", "책방 첫 북토크에 오신 작가는?", "동물이 들어가는 속담 3개는?", "한국인 최초 아스트리드 린드그렌 상을 받은 작가는?" 처럼 질문에 답을 해야 하는 것도 있었다.

인스타그램에 공지를 올리고 두근거리는 마음으로 책방에 출근했다. 아무도 오지 않으면 어쩌나, 준비한 에코백을 다 쓰지 못하면 어쩌나 걱정했는데 반응이 너무 좋았다.

"어른도 할 수 있어요?"

"그럼요. 근데 저 게임 잘해요. 지면 진짜 선물 안 드리니까 서운해하지 마세요."

머쓱머쓱, 쭈뼛쭈뼛 다가와서 수줍게 말을 건네던 손님의 눈빛에 의지가 활활 불타오른다. 진심으로 게임에 임하던 손님이 드디어 이기자 자신도 모르게 "야호~!!!" 환호성을 내지르고는 깔깔 웃으신다. 그런 손님이 아이처럼 귀엽고 사랑스럽다.

게임에 지고 시무룩해하는 어린이 손님에게는 "원래 어린이들에게는 기회를 한 번 더 줘요."하고 가위바위보 한판 승부를 제안했다. 이번에는 확실하게 져 줘야 했기 때문에 어린이만큼이나 나도 긴장이 되었다.

손님이 문제를 어려워한다 싶을 땐 손가락으로 정답을 알 수 있는 책을 가리키거나 대놓고 힌트를 주었다. "책방지기의 나이는 몇일까요?"라는 질문에 재치있게 "스무 살!"을 외쳐 손님과 나, 둘 다 웃음이 빵 터지기도 했다.

조용하던 책방이 사람들로 북적이고 떠들썩한 웃음소리로 활기가 넘쳤다. 책방 생일이라며 오히려 선물을 주고 가신 분도 있었고 오픈 후부터 오고 싶었는데 1년 만에 왔다는 분도 있었다. 함께 웃고 떠들고 기뻐하고 축하하며 신나게 책방 생일 파티를 마쳤다.

　　책방을 세상에 내어놓는 건 책방지기 한 사람의 일이지만 책방을 이웃으로 계속 살게 하는 건 여러 사람의 힘이다. 사람들이 계속 찾아오고 사랑해주는 책방, 이야기와 웃음소리가 끊이지 않는 책방이 되고 싶다. 그러려면 우리 책방은 어떤 모습이어야 할까? 사람들과 무엇을 함께 하면 좋을까? 다음 1년을 열심히 꾸려나가고 싶을 만큼 에너지를 듬뿍 받고, 그만큼의 욕심과 고민도 생겼다.

책 팔아서 돈이 됩니까?

"책 팔면 돈이 되나요?"

책방을 하고 참 많이 듣는 질문이다. 거두절미하고 본론부터 답하자면 "아니요."이다. 이렇게 답을 하고 나니 갑자기 힘이 쭉 빠져서 다음 문장을 이어 나가지 못하겠다. 슬프게도 책을 팔아서는 돈이 안 된다. 아, 하지만 너무 실망하지 말길. 책 팔아서 돈이 되는 동네 책방도 분명히 있으니까. 우리 책방이 아니어서 그렇지.

책은 보통 정가의 70~75%에 입고된다. 출판사와 직거래를 하면 이 비율은 좀 더 낮아지지만 모든 책을 직거래로 구매하기는 어렵다. 대충 정가의 70%

에 책을 입고한다고 치면, 15,000원의 책을 판매했을 때 4,500의 이익이 발생한다. 월세, 관리비, 냉난방비, 전기세, 인터넷 사용료, 택배비, 택배 포장재료 구입비 등 고정 지출되는 비용을 감당하려면 한 달에 책을 얼마나 팔아야 할까? 새로운 책도 계속 입고해야 하는데? 아, 거기다 책방지기의 월급도 포함하려면?

도서 구입비는 생각보다 비쌌고 이윤도 많이 남지 않았다. 모아두었던 돈을 탈탈 털어 책장을 채웠지만 책이 많이 없다고 말하는 손님 앞에서는 내 책방이 초라하게 느껴졌다. 좋은 책이라고 판단해 덜컥 10권이나 입고했는데 아직 8권이나 재고로 남아 있는 책도 있다. 신간을 찾는 손님이 많으니 일단 입고해 두지만 팔리지 않으면 그대로 재고가 되어 운영에 부담이 된다. 그래도 다행인 건 운영비가 간당간당해질 때쯤 대량 주문이 들어오거나 강사비가 입금되어 어찌어찌 메꿔지고 있다는 것이다. 하지만 남편이 말한 손익분기점 어쩌고를 따지면 여전히 마이너스다.

책을 팔아서 돈이 되지 않는다고 하면 이런 질

문이 이어진다.

"그런데 왜 책방을 하세요?"

마침내 이 질문을 받고 나면 머릿속이 정지되는 것처럼 멍해진다. '나는 왜 책방을 하고 있지?'라는 질문을 나조차도 매번 하고 있지만 정확한 대답을 찾지 못했다. 사실 그런 질문을 받았을 때마다 내가 뭐라고 대답했는지 기억이 잘 나지 않는다. 아마 어떤 날은 "그림책이 좋아서요", 어떤 날은 "책방을 하는 게 오랜 꿈이었거든요", 어떤 날은 "책을 좋아하는 사람들과 만나는 게 좋아서요", 어떤 날은 "책방을 하니 제가 하고 싶은 수업을 하는 데 도움이 되어서요."라고 했을 거다. 모든 이유가 맞긴 하지만 특별한 계기를 통해 사명감을 가지고 책방을 시작한 다른 책방지기들에 비해 내가 책방을 하는 이유는 한없이 가벼운 것 같아 부끄럽기도 하다.

책방을, 그것도 굳이 그림책방을 하는 제일 큰 이유는 그림책이 좋아서다. 손님이 아무도 없는 책방에서 혼자 그림책을 읽는 시간이 행복하다. 그림책을 읽다가 마음이 찡해지는 순간도 좋고 몰랐던 시선으로 새롭게 세상을 바라보게 되는 것도 좋다. 누군가 찾아와 그림책에 대한 이야기를 함께 나눌 대는 기쁨이 두 배, 세 배로 늘어난다.

그림책을 그리고 쓰는 작가나 그림책을 만드는 편집자나 출판사 대표를 만나 책에 숨은 이야기들을 들을 때면 보물을 발견한 것처럼 기쁘다. 그림책을 보며 깔깔 웃는 어린이들을 만나면 신나고 그림책에 감동해서 웃고 우는 어른들을 만나면 고맙다. 그림책 작가를 꿈꾸는 이를 만나면 비슷한 간절함으로 응원하게 되고 그림책에 대해 잘 모르던 사람이 "그림책에 이런 매력이 있네요."라고 말하면 짜릿해진다. 책 팔아서 돈은 안되지만 책방을 하면서 느끼는 행복한 순간은 너무나 많다. 내가 그림 책방을 하는 이유다.

묵직한 나무문을 밀고 들어서면 딸랑하고 종이 울린다. 스위치를 올리니 어둡던 책방은 순식간에 노란빛으로 환해지고 형형색색 예쁜 표지의 그림책들이 일제히 얼굴을 드러낸다. 밤새 잘 있었냐고 인사를 건네듯 책을 쭉 둘러본 뒤 음악을 틀고 창문을 활짝 연다. 상쾌한 바람과 감미로운 재즈 선율을 타고 하얀 커튼이 기분 좋게 살랑거린다. 포스기와 커피 머신을 켜고 햇살이 잘 들어오는 창가의 바 테이블과 묵직한 원목 테이블을 닦는다. 헤링본 패턴의 바닥 타일까지 밀대로 닦고 나면 내가 마실 커피 한 잔을 내릴 차례, 책방 안이 금세 향긋한 커피 향으로 가득 찬다. 커피 한 모금을 삼키며 출입문에 걸린 안

내판을 'OPEN'으로 돌려놓는다. 책방에서 나의 하루
가 이렇게 시작된다.

반갑습니다. 〈그림이 글에게〉 책방입니다.

오늘도 다정한 책방 ⓒ 박혜련

발행일	2024년 9월 30 일
글, 그림	박혜련
제작 도움	우디앤마마

발행처 인디펍
발행인 민승원
출판등록 2019년 01월 28일 제2019-8호
전자우편 cs@indiepub.kr
대표전화 070-8848-8004
팩스 0303-3444-7982

정가 11,000원
ISBN 979-11-6756608-9 (02810)

이 도서는 마포구 브랜드 서체 Mapo 금빛나루(마기찬 디자인)를 사용했습니다.

@grimi_grege